Die Weihnachtsgeschichte
von Ole

und andere Vorlese-Geschichten von Ole aus
KleinFunixwarderSiel

erzählt von

Klaus J. Uhlmann

- dritte aktualisierte Ausgabe -

Klaus J. Uhlmann

Die Weihnachtsgeschichte von Ole

Vorlesegeschichten

Impressum

Bibliografische Information der Deutschen Nationalbibliothek:
Die Deutsche Nationalbibliothek verzeichnet diese Publikation in der Deutschen
Nationalbibliografie; detaillicrte bibliografische Daten sind im Internet über
http://dnb.dnb.de abrufbar.

Herstellung und Verlag: BoD – Books on Demand, Norderstedt

ISBN: 978-3-752660012

INHALT

VORWORT

Jeder, der Ole kennenlernt, liebt ihn. Denn „liebenswert" – das ist sein Naturell. Ole ist der ganz besondere Held dieser Geschichten. Eigentlich ist er kein Held, kein Held im üblichen Sinne, eher ein Antiheld. Denn Ole ist nicht das, was man so allgemein als „normal" beschreibt. Er ist nicht stark. Er ist auch nicht klug und auch nicht besonders gut aussehend. Er ist eher körperlich unbeholfen, ungeschickt und geistig nicht gerade dumm, aber sehr einfältig. Ole käme nie auf die Idee, etwas zu tun, was anderen weh tun oder schaden könnte – und schon gar nicht käme er auf die Idee, etwas Böses zu tun. So kann er gar nicht denken. Nein – Ole ist lieb, ist lieb zu allen, die seine Welt ausmachen: Menschen, Tiere, Pflanzen. Und weil er lieb zu allen ist, wird er auch von allen geliebt. Und so ist er immer darauf bedacht, in seinem Dorf Gutes zu tun, den Schwachen zu helfen, die Traurigen zu trösten – kurz gesagt: sich zu kümmern. Das macht ihn zum Helden, insbesondere zum Helden der Weihnacht, wenn er alte Vorstellungen und Denkweisen aufbricht, so aufbricht, dass der Leser, dass seine Mitmenschen sich fragen: „Warum sind wir darauf nicht selbst gekommen?" Ole wird dabei intensiv unterstützt von seinem Freund Kai-Uwe und seiner alten Lehrerin Tomke.

Spannend und doch einfach erzählt und bei warmem Kerzenschein oder knisterndem Kaminfeuer vorgelesen – so lassen sich Kinder wie auch Erwachsene immer wieder gerne von diesen Geschichten gefangen nehmen.

Eins

Die Weihnachtsgeschichte von Ole – oder: Wie Ole ein neues Licht anzündete

In ganz Deutschland wird seit hunderten von Jahren zu Weihnachten in den Kirchen die Weihnachtsgeschichte aus dem Lukas-Evangelium gelesen. – In ganz Deutschland? – Nein! – Nicht in einem kleinen ostfriesischen Dorf im äußersten Nordwesten der Republik, so klein, dass es auf keiner Landkarte zu finden ist, in KleinFunixwarderSiel. Dort spielt man in der kleinen Kirche seit einigen Jahren zu Weihnachten die „Weihnachtsgeschichte von Ole". Und das kam so:

Jeder im Dorf kennt Ole. Kein Wunder werdet ihr sagen, in einem 300 Seelendorf kennt jeder jeden. Aber Ole ist jemand besonderes. Es wäre gemein und außerdem falsch, ihn den Dorftrottel zu nennen. Sicherlich, er ist etwas einfältig, etwas langsam im Denken und Handeln. Und deshalb hat er nur fünf Schulklassen durchgemacht, aber jede 2x. Und so hat er auch nichts gelernt, keinen richtigen Beruf zumindest. Doch Ole ist lieb, lieb zu den Alten und Kranken, lieb zu den Kindern, lieb und hilfsbereit zu jedem im Dorf, lieb zu den Tieren der Bauern, lieb zu den

Tieren im Wald. Ole ist wie ein leuchtendes Licht. Und deshalb mag ihn wirklich jeder.

Und dann kam der Tag an dem sich ganz viel änderte in KleinFunixwarderSiel, der Tag, an dem Ole ein neues Licht anzündete. Die Leute aus KleinFunixwarderSiel hatten den Ehrgeiz, dass sie jedes Jahr zu Weihnachten ein neues Krippenspiel aufführten. Die Leitung hatte dabei seit KleinFunixwarderSieler Gedenken die alte Tomke, die pensionierte Lehrerin.

Für das neue Krippenspiel brauchte sie einen Wirt, kräftig und robust von Gestalt, reden musste er nicht viel, aber beeindruckend sollte er schon sein. Der Hufschmied, der diese Rolle immer gespielt hatte, war krank und ein Nachfolger fand sich so leicht nicht. Da kam Tomke der Gedanke: Ole. Groß und stattlich war er ja, und reden – wie gesagt – musste er nicht viel.

Ole war vor Freude ganz aus dem Häuschen, als Tomke ihn fragte. Er durfte im Krippenspiel mitspielen, im berühmten KleinFunixwarderSieler Krippenspiel, und in einer Hauptrolle. Er nickte nur ganz begeistert mit dem Kopf, vor lauter Begeisterung brachte er keinen Ton heraus.

Es blieben noch 10 Wochen zum Üben, aber 10 Wochen können ganz schnell vorübergehen, wenn man solch ein großes Ziel vor Augen hat. Wenn die schwangere Maria und Josef bei ihm anklopften, musste er sagen: „Nix frei!" Und wenn sie dann traurig um Barmherzigkeit bettelten, musste er den Arm mit ausgestrecktem Finger ausfahren und sagen: „Haut ab!" – Vier Worte nur, aber je länger und je mehr sich Ole in die Rolle hinein dachte, desto schwerer erschien ihm die Rolle. Und er spielte nicht nur einmal mit dem Gedanken, Tomke abzusagen. Aber dann sagte er sich: „Zugesagt ist zugesagt."

Der Heiligabend, der Tag der Aufführung, ist gekommen. Die Kirche ist – wie jedes Jahr Weihnachten – bis in den letzten Winkel besetzt. Die Kinder haben gerade „Stille Nacht, heilige Nacht" gesungen. Maria und Josef, gebeugt, offensichtlich geschwächt und frierend, klopfen an die Herbergstür. Die Tür öffnet sich und heraus tritt, groß und mit überkreuzten Armen der Wirt – Ole: „Nix frei" tönt er lautstark. Maria und Josef bitten und betteln um Barmherzigkeit, aber vergebens. Als Ole den Arm mit dem ausgestreckten Zeigefinger ausfährt, wenden sie sich schon ab und gehen. Aber auf einmal wird der Finger ganz schwach und langsam formt sich eine Hand, eine winkende Hand. „Hallo Josef, du auch, Maria. Ihr – ihr könnt meine Stube haben!" – Totenstille. Sogar die raschelnden Mäuse im alten Kirchengebälk halten inne. – Und dann klatscht einer, und dann bricht ein Sturm der Begeisterung los. Und die Organistin haut in die Tasten und noch nie hat man in KleinFunixwarderSiel so schön „O du fröhliche" gesungen. Und seit dieser Weihnacht spielt man in KleinFunixwarderSiel in der Kirche zur Weihnacht die „Weihnachtsgeschichte von Ole".

Zwei

Oles Ernte – oder: Der Mensch lebt nicht vom Brot allein

Ihr erinnert euch gewiss noch an Ole, an Ole aus KleinFunixwarderSiel, dem kleinen ostfriesischen Dorf im äußersten Nordwesten der Republik, so klein, dass es auf keiner Landkarte zu finden ist.

Ole ist in diesem 300-Seelen-Dorf der Besondere, der etwas einfältig im Denken und Handeln ist, der deshalb auch nur fünf Schulklassen geschafft hat und darum auch nichts Richtiges lernen konnte – der aber von allen geliebt wird, weil er selber lieb ist, lieb zu den Alten und Kranken, zu den Kindern, zu jedem im Dorf, sogar zu den Tieren der Bauern und des Waldes. Ole ist wie ein leuchtendes Licht, und wir haben von ihm gehört, dass er im KleinFunix-warder-Sieler Krippenspiel die Weihnachtsgeschichte neu geschrieben oder besser: neu gelebt hat. Aber Oles Licht leuchtet nicht nur an Weihnachten und nicht nur einmal.

Die KleinFunixwarderSieler bilden eine lebendige Gemeinschaft. Und vieles, ja, fast alles, was diese Gemeinschaft ausmacht, wird auch gemeinschaftlich angegangen und bewerkstelligt. Das sind zum Beispiel alle Arbeiten und Aktivitäten, die durch den Ablauf des

Jahres, durch die Folge der Jahreszeiten anfallen, insbesondere Aussaat und Ernte.

Im Frühjahr werden alle Felder gemeinschaftlich bestellt. Es wird gepflügt und geeggt und ausgesät. Und jeder hat dabei seinen Platz und seine Aufgabe. Auch Ole ist immer dabei, aber er arbeitet nicht, nicht wirklich. Während die anderen auf dem Feld schwitzen, liegt Ole im frischen Gras und genießt die Frühlingssonne, erfreut sich an den wunderbaren Frühlingsfarben in der Natur und lauscht dem Konzert der Vögel.. Wenn die anderen ihn dann necken – wir erinnern uns: Keiner ist ihm böse – und ihn fragen: „Na, Ole, schon Feierabend? Wir haben dich noch gar nicht arbeiten sehen." Dann antwortet Ole in aller Ernsthaftigkeit: „Aber ich arbeite doch auch. Ihr werdet das schon noch sehen."

Und das Ganze ist so in Ordnung. Ole ist viel zu unbeholfen für die meisten Arbeiten; er stände nur im Weg.

Und so geht das das ganze Jahr über: Im Sommer, wenn Heu gemacht wird, wenn die Gärten hergerichtet werden, ja selbst, wenn die schönen Sommerfeiern vorbereitet und gefeiert werden – Ole ist immer dabei, hört zu, freut sich mit den anderen, spielt mit Kindern und Schmetterlingen. Und wenn er gefragt wird: „Ole, was machst du da?", dann sagt er: „Siehst du doch: Ich singe, ich spiele, ich fliege – damit ich fit werde für den Winter."

Und dass der gewaltige Herbst mit der Ernte all dessen, wofür man im Jahr gearbeitet hat, auch für Ole eine besondere Ernte bereit hält, muss nicht besonders erwähnt werden. Nur, Ole erntet anders als die anderen Erntearbeiter. Ole erntet mit offenen Augen und Ohren, mit wachen Sinnen und reinem Herzen.

Und dann kommt der Winter, der in KleinFunixwarderSiel oft sehr kalt, sehr streng und sehr lang ist. Und an den langen Winterabenden, die manchmal schon am Nachmittag beginnen, kommen die KleinFunixwarderSieler gerne zusammen, zum Kuchen und Tee oder auch zum Grog. Am Anfang ist das auch sehr schön, aber mit zunehmender Dunkelheit im langen Winter werden die

Abende auch zunehmend stiller, vielleicht zunehmend kälter, vielleicht auch zunehmend einsamer und trauriger, vielleicht auch zunehmend langweiliger, besonders für die Kinder. Das schlägt leicht aufs Gemüt, oder wie man modern sagt, das macht depressiv. Aber alles das ist nur halb so schlimm oder gar überhaupt nicht schlimm, wenn Ole dabei ist. Und Ole ist bei allen, er wird rundherum eingeladen.

Ole erzählt von den Sommertagen, er erinnert an das große Erwachen im Frühling, singt und pfeift mit den Kindern die Lieder der Vögel und jagt mit ihnen noch einmal einen besonders schönen Schmetterling. Er macht mit dicken Backen das Schnaufen von Max und Olle nach, den beiden Pferden von Bauer

Harms, die noch vor den Pflug gespannt werden. Und mit „Tok, tok, tok" lässt er noch einmal den Traktor fahren, wie er den Wohnwagen aus dem Schlamm gezogen hatte.

Ole erinnert an all das, was den vergangenen Sommer so schön gemacht hat. Und wenn Torge Fedder über seinen Rücken klagt und jammert, dann sagt Ole: „Torge hör auf zu jammern. Im Sommer musst du wieder fit sein, wenn du mit deinem Karren die Touristen wieder zum Strand fahren musst. Weißt du noch, was das für'n Spaß war?" Jo, Torge erinnert sich, grinst, und seinem Rücken geht es gleich wieder besser. Alle prusten mit, wenn Ole gestenreich die Wasserschlacht im Dorfteich noch mal aufleben lässt.

Was war das für ein Ereignis!

Und erst der Herbst! Und die Ernte! Einmal hat er auf dem Hof vom Harms zwei Äppel geklaut. (Das erzählt er hinter der vorgehaltenen Hand überall – nur natürlich nicht bei Harms.) Und das Erntefest! Ole durfte mithelfen die Erntekrone zu binden, zusammen mit den Großen. Auch wenn das Stroh überall zwickte und der Strohstaub hinterher überall juckte – er kann nicht aufhören davon zu erzählen. Und die KleinFunixwarderSieler können nicht aufhören ihm dabei zuzuhören.

Ab und zu fragt ihn noch jemand: „Ole, wo hasse das her?" Manchmal fragt auch noch jemand: „Wie kommst du nur auf sowas?" Dann sagt Ole: „Das hab ich erlebt, mit euch, das ganze Jahr." Das ist seine Ernte. Dann sagt er noch: „Das sagt der Pastor immer: Der Mensch lebt nicht vom Brot allein." Dann ist Stille. Und dann nicken alle. Und dann sagt einer: „Jo. Recht hat er."

Und irgendwann, eines späten Wintertages, nimmt er den Ärmel seiner Jacke, putzt damit eine Fensterscheibe sauber und sagt: „Kuck mal, die Sonne kommt."

Drei

Weihnachten mit Ole – oder: Keiner darf alleine sein

Als er sah, wie die Sonne den Horizont berührte, erschrak Ole. Er hatte fast den gesamten sonnigen, aber kalten Wintertag draußen in der Natur verbracht, war voll von großen Gefühlen aus wunderbaren Begegnungen und Erlebnissen, wie nur er – Ole – sie erleben konnte. Und darüber hatte er die Zeit vergessen, hatte vergessen, dass Heiligabend war und dass man in der Kirche in KleinFunixwarderSiel wahrscheinlich schon auf ihn wartete, denn es galt ja wieder – wie jedes Jahr die Weihnachtsgeschichte – seine, Oles Weihnachtsgeschichte – aufzuführen. Da war Eile angesagt und Ole fing an zu laufen, was ihm auch gut tat, war er doch inzwischen leicht durchgefroren. Bald schon war er im Ort, und als er auf die hell erleuchtete Kirche zulief, bemerkte er gerade noch, wie eine Gestalt mit einem Bündel auf dem Arm sich von der Kirchentüre abwandte und davongehen wollte. Aber da war Ole, der sie am Arm festhielt und sagte: „Moin. Du gehst in die falsche Richtung." „Das glaube ich nicht" sagte die Gestalt müde und traurig. Jetzt sah Ole, dass er eine junge Frau vor sich hatte. „Ich bin wahrscheinlich nicht erwünscht." „Aber das darfst du nicht sagen" widersprach ihr Ole. „Es ist Weihnachten. Und das sind alles liebe Menschen hier. Das weiß ich, denn sie mögen mich auch. – Was ist los? Warum bist du so traurig? Erzähl es mir!" Er vergaß, dass er es eilig hatte und dass die Menschen in der vollbesetzten Kirche auf ihn warteten. Das hatte Zeit, denn das hier war viel wichtiger und er lehnte sich an die Kirchentür und nahm die junge Frau in den Arm, so ganz selbstverständlich, so wie eine Schwester. So war Ole….

Der Pastor in der Kirche war mehr als nervös. Er hatte seine Weihnachtspredigt, eine Predigt von Liebe und Menschlichkeit schon gehalten, und jetzt wartete er, warteten alle auf Ole. Denn Ole war ja die Hauptperson im KleinFunixwarderSieler Krippenspiel.

Die Kinder hatten ihr „Stille Nacht, heilige Nacht" schon gesungen. Die alte Tomke ließ schon mal ein weiteres Lied singen: „Maria durch ein'n Dornwald ging." Da öffnete sich die Kirchentür und der Pastor seufzte erleichtert: „Ole, da bist du ja." „Tut mir echt leid, Herr Pastor, dass ich so spät komme" entschuldigte sich Ole. „Aber ich hab' noch jemand mitgebracht." Mit diesen Worten zog er die immer noch etwas widerstrebende junge Frau, deren Bündel auf dem Arm inzwischen zum Leben erwacht war und leicht wimmerte, durch die Tür hinein in die Kirche. „Das ist Jette" rief er. „Peter Petersen – deine Jette!" – und er ging nach vorne zum Krippenspiel.

Peter Petersen saß – wie immer – in der

letzten Bank rechts, ganz außen. Einst ein großer starker Mann, kannte man ihn jetzt nur noch gebeugt, mit krummem Rücken und Krückstock. So saß er auch in der Bank, ganz zusammen gesunken. Vor mehr als 10 Jahren war seine Tochter von zu Hause weggelaufen, weil er so hart, so unversöhnlich und unverständig war. Und vor einigen Jahren war seine Frau gestorben – am Herzeleid. Das alles hatte ihn zerbrochen. – Unter den Worten Oles hatte er sich aufgerichtet und ein Stöhnen, ein Seufzen drang aus seiner Brust – ein Seufzen fast wie ein Schrei. – …Das KleinFunixwarderSieler Krippenspiel war zu Ende. Ole hatte Maria und Josef in seine Stube, sein Zuhause eingeladen. Und als die Orgelspielerin zum abschließenden Lied in die Tasten griff, da drehten sich alle in der Gemeinde um und sahen nach hinten, wo in der letzten Bank ein überglücklicher Peter Petersen saß, in einem Arm seine Jette und auf dem anderen Arm sein Enkel, der – wie sein Großvater – Peter hieß. Und wieder einmal gab es in KleinFunixwarderSiel einen Grund, das „Oh, du fröhliche" so fröhlich zu singen wie noch nie zuvor.

Vier

Oles Glück – oder:
Glück ist selten das Große

Wir erinnern uns an Ole, der glücklich, zufrieden, im Einklang mit sich, mit Menschen und Tieren, in KleinFunixwarderSiel, inmitten eines großen blühenden Gartens lebt. Und das Rezept für Glück und Zufriedenheit, das Rezept für den Einklang mit Mensch und Tier, das Rezept für das Blühen des Gartens und des ganzen Dorfes? Das Rezept dafür, wenn man überhaupt von Rezept reden kann, liegt hier: Man wusste, dass Ole immer eine gute Handvoll Bohnen mit sich trug. Wenn er den Tag begann, wenn er ausging, steckte er diese gute Handvoll von Bohnen in seine rechte Mantel– oder Hosentasche. Nicht, um diese im Laufe des Tages so unterwegs zu verzehren, auch nicht, um sie irgendwo zu pflanzen. Nein. Da waren sie in seiner Mantel– oder Hosentasche und warteten. Sie warteten auf Erlebnisse, kleine Momente des Staunens, des Wahrnehmens, des Glücks. Sie warteten, dass Ole sah und staunte. Immer wenn er sah und staunte, wanderte seine Hand voller Dankbarkeit in die rechte Tasche, nahm eine Bohne und steckte diese in die linke Tasche. Und was sah oder hörte Ole alles?

Das Lächeln eines Menschenkindes, fröhliches Spielen, eine besonders schöne Blume, den freundlichen Gruß der Nachbarin, die besondere Form der Wolken am Himmel, einen wunderbar gewachsenen Baum, die Vielfalt der Früchte, eine gelungene fertig gestellte Arbeit, liebevoll zugewandte Augen, ….

Und so wanderte eine Bohne nach der anderen von der rechten Tasche in die linke. Und abends nahm er dann die Bohnen der linken Tasche hervor und dachte zurück und erinnerte die Begebenheiten. Da war es noch einmal: das Lächeln, die liebevollen Augen, die schöne Blume, der besondere Baum, die gelungene Arbeit, und was so alles

Gewesen.war.

Und auch wenn er nur <u>eine</u> Bohne in der linken Tasche hatte, so war es doch wegen dieser einen Bohne ein guter Tag gewesen. Und dankbares Staunen erfüllte Oles Herz.

Fünf

Ole lernt Vergeben – oder: Verletzen und Vertragen

Der Ortsvorsteher von KleinFunix-warderSiel träumt davon, seine Gemeinde touristisch zu erschließen, denn der Bekanntheitsgrad des Ortes wächst zunehmend. Seit den Herbstferien sind Fremde im Dorf, ein Ehepaar mit einem 15 Jahre alten Jungen, Kai-Uwe. Und das kam so: Der alte Hauke hat sich mit 82 Jahren entschlossen ins Seniorenheim in die Stadt zu ziehen. Sein Häuschen stand zum Verkauf - aber nicht lange. Kai-Uwes Eltern sind nun dabei, es zu einem Ferien- und Wochenendhaus auszubauen, und kommen seitdem fast an jedem Wochenende nach KleinFunix- warderSiel.

…

Fokko und Lasse klopfen an Oles Haus- tür. „Komm raus, Ole! Wir wollen Ball spielen." Das lässt Ole sich nicht zweimal sagen. In wenigen Sekunden ist er fertig und die drei laufen zum Dorfsportplatz, wo die anderen alle schon warten. Ole liebt dieses KleinFunixwarderSieler Ballspiel, in dem es auf Geschicklichkeit und Ruhe ankommt. An Ruhe mangelt es Ole bekanntlich nicht, und was ihm an Geschicklichkeit abgeht, das machen die anderen wieder wett. Sie kennen ja ihren Ole und sie lieben ihn.

Nach 10 Minuten stellen sie fest, dass ein Junge am Platzrand steht und zuschaut. Es ist der Fremde – oder besser – der Neue, Kai-Uwe, der die Freunde beim Spiel beobachtet und hin und wieder spöttisch lächelt. Nach weiteren 10 Minuten geht Fokko hin: „Willste mitspielen?" „Ja, schon. Aber nicht dieses blöde Spiel. Das ist ja für Mädchen." „Und was ist für dich kein blödes Spiel?" „Na, Fußball! Das ist ein Spiel für Männer! Ein Kampfspiel, Mann gegen Mann!" Von Fußball haben sie alle nicht die große Ahnung. Aber sie wollen Kai-Uwe einen Gefallen tun, und deshalb lassen sie sich das Spiel kurz erklären, wobei Ole das meiste nicht versteht. Als zwei Mannschaften gebildet werden, gehört er zur Mannschaft von Kai-Uwe. In den ersten Minuten läuft das Spiel natürlich an Ole vorbei. Und als er ein paarmal schmerzhaft angerempelt und einmal sogar auf den Fuß getreten wird, hat er keine Lust mehr. Er dreht sich um und will den Platz verlassen. Dabei kommt er Kai-Uwe in die Quere, der gerade heranstürmt und voll auf Ole aufläuft. Ole fällt hin, Schmerzenstränen schießen ihm in die Augen. Da schreit Kai-Uwe auch schon los: „Du saublöder Sack! Wenn du schon keine Ahnung hast, verpiss dich! Hau ab!" Ole erstarrt, die Erde bleibt für ihn stehen. So etwas hatte zu ihm noch keiner gesagt, er wäre gar nicht auf die Idee gekommen, dass man so etwas überhaupt sagen konnte. Und dann begreift er. Er rappelt sich auf, dreht sich herum und humpelt vom Platz – nach

Hause, nur weg von hier. Nicht einen Blick wirft er zurück. Sonst hätte er mitbekommen, wie seine Freunde sich um Kai-Uwe, den Fremden, scharen und aufgeregt auf ihn einreden. Aber in diesem Augenblick wäre ihm auch das egal gewesen.

Ole zieht sich zurück; verkriecht sich wie ein verwundeter Bär in seine Höhle. Er ist angeschlagen, ganz tief verletzt. Ganz selten verlässt er das Haus – nur um das Nötigste zu erledigen. Und an den Wochenenden lässt er sich schon gar nicht blicken. Alle Versuche ihn wieder aufzurichten bleiben erfolglos.

So ziehen einige Wochen ins Land. In der Adventszeit werden viele Lichter angezündet. Bei Ole bleibt es dunkel.

Eines Abends klopft es an der Tür von Tomke, der alten Lehrerin. Ole steht draußen. „Junge, wie schön, dass du da bist! Komm rein." Sie nimmt ihn in die Arme und Ole fühlt sich wohl – seit langer Zeit fühlt er sich mal wieder wohl. In seiner Hand hält er eine Postkarte, eine Adventskarte. „Die habe ich gekriegt." Die alte Tomke nimmt die Karte und holt ihre Brille. Sie lächelt leise, Ole kann nicht lesen, nicht richtig jedenfalls. Als sie die Karte liest, wird sie ganz ernst. „Was steht drauf?" fragt Ole ungeduldig. Tomke liest vor: „Lieber Ole! Es tut mir ganz fürchterlich leid, dass ich dich so schlimm behandelt habe. Ich kannte euer Ballspiel ja nicht, und dich kannte ich auch nicht. Entschuldige bitte – Kai-Uwe." Als Tomke vorliest, läuft in Oles

Kopf ein Film ab: „Saublöder Sack! Verpiss dich! Hau ab!" – ganz schnell und immer wieder, immer wieder. Als er sich rumdreht und gehen will, sagt die alte Tomke: „Ole, in zwei Wochen ist Weihnachten. Und da brauchen wir dich beim Weihnachtsspiel, bei deinem Weihnachtsspiel. Denkst du daran?" „Ja, spielen wir denn? Unser Josef ist doch gar nicht mehr da." „Das lass nur meine Sorge sein. Gute Nacht, Ole."

…

Ole geht zurück in seine Höhle, seine Kummerhöhle. Wieder erlebt er Stürme und Gewitter in seinem Inneren, und er erlebt unruhige Tage und unruhige Nächte. „Entschuldige bitte. – Entschuldige bitte." Fast höhnisch wiederholt sich dieser Satz in seinem Kopf. – Nein, so einfach geht das nicht. „Saublöder Sack!" – „Es tut mir leid." – Hau ab!" – „Entschuldige bitte." Und immer wieder läuft er ab - dieser Film.

…

Heiligabend. Die Kirche in KleinFunixwarderSiel ist voll bis auf den letzten Platz – es ist ja Weihnachten. Der Pastor hat von Frieden, von Liebe, Vergebung gepredigt – es ist ja Weihnachten. Das berühmte KleinFunixwarderSieler Krippenspiel ist in vollem Gange – es ist ja Weihnachten. Ole steht mit verschränkten Armen, groß und mächtig, erhöht auf einem Podest vor der Herberge und will den Beiden, die da in gebeugter Haltung vor ihm stehen,

Maria und Josef, gerade zu verstehen geben: „Nix frei!" – da hebt Josef den Kopf und schaut ihn an, traurig und mit bittenden Augen. In Oles Kopf macht es „klick" und der Film will wieder anlaufen, dieser schlimme Film der letzten Wochen und Monate. Doch diesmal nicht, diesmal lässt Ole das nicht zu. Etwas anderes macht sich in seinem Kopf breit: „Ole nein. Es ist Weihnachten. Du bist ein Wirt der Liebe. Entschuldige bitte. Es tut mir leid. Vergib." - Ole lässt die verschränkten Arme fallen, steigt langsam von seinem Podest herunter, geht auf den Josef zu, sieht ihn lange an und reicht ihm dann die Hand: „Ich bin der Ole." Und Josef sagt: „Ich bin der Kai." Und dann nehmen sie sich in den Arm.

Es ist die alte Tomke, die zuerst klatscht. Dann fällt die ganze Gemeinde ein und die Organistin schmeißt die Orgel an und … ihr wisst schon: „O, du fröhliche."

Sechs

Ole und die Weisen aus dem Morgenland – oder:

Gutes **tun** und Liebe **üben**.

In KleinFunixwarderSiel, im äußersten Nordwesten der Republik, gehen die Uhren anders als anderswo. Ein wenig langsamer, so ohne den Druck von Eile und Stress. Und trotzdem war es in diesem Jahr den Menschen hier oben so vorgekommen, als sei das Jahr schneller abgelaufen als sonst. Schneller als sonst hatten die Jahreszeiten einander abgelöst.

Schneller als sonst hatte die Dunkelheit des Novembers auch wieder in die ganz große Stille geführt. Dabei war gar nicht soviel Ungewöhnliches geschehen, was das Leben und Erleben beschleunigt hätte. Alles war seinen gewohnten Gang gegangen.

Ole – ihr erinnert euch an den jungen Mann mit dem kleinen Verstand und dem ganz großen Herzen – Ole hatte jede Gelegenheit genutzt mit seinem neuen Freund Kai-Uwe zusammen zu sein. In den Schulferien und an den Wochenenden, die Kai-Uwes Eltern dazu nutzten, ihr Bauernhaus als Ferienhaus umzubauen und einzurichten, in dieser Zeit also hatte Ole seinem Freund Kai seine Heimat gezeigt, all die Plätze und geheimnisvollen Orte, an denen es so viel zu erleben und zu entdecken gab – freilich auf Oles Art. Doch gerade das war es, was Kai so faszinierte. Ole hatte ihm zu einer ganz neuen Sicht der Dinge und vor allem der Natur verholfen.

Anfang Oktober allerdings war etwas geschehen, was es in KleinFunixwarderSiel noch nie gegeben hatte: Dem Ort waren drei Flüchtlingsfamilien mit insgesamt 12 Personen zugewiesen worden, drei Ehepaare mit 6 Kindern. Sie wurden in Hankens Hof untergebracht, der seit einigen Jahren nicht mehr bewohnt und bewirtschaftet wurde. Die Klein-FunixwarderSieler standen dieser Situation mehr oder weniger hilflos gegenüber, sie wussten nicht, wie sie damit umgehen sollten – mit dieser Situation nicht und schon gar nicht mit den fremden und fremdartigen Menschen. Gut, dass es Integrationsbeauftragte aus der Stadt gab, die sich um alles kümmerten. Und im Dorf hatte man sie bisher kaum gesehen, vielleicht trauten sie sich auch nicht hinein.

Aber Ole wäre nicht Ole gewesen, wenn er dieses neue Problem nicht anders angegangen wäre – auf seine Art eben. Und die war ganz einfach und gleichzeitig einmalig – wenigstens für KleinFunixwarderSiel: Er ging hin. Nicht nur einmal, immer wieder; und wenn Kai da war, gingen sie gemeinsam hin. Sie gingen zu Hassan, Massoud und Ahmed, die mit ihren Frauen und Kindern - keines älter als 9 Jahre – dem schrecklichen Krieg in Syrien entkommen konnten.

Im November wurde es Zeit, für das KleinFunixwarderSieler Krippenspiel zu üben, das inzwischen weit über Ostfrieslands Grenzen hinaus als die „Weihnachtsgeschichte von Ole" bekannt geworden war. Geübt wurde bei der alten Tomke, der pensionierten Lehrerin. Oles Rolle war mit dem Herbergswirt natürlich festgeschrieben. Und obwohl er nur 7 Wörter lernen musste und die eigentlich auswendig konnte, legte er großen Wert auf das Üben – man konnte ja nie wissen. Auch Kai durfte wieder wie im letzten Jahr den Josef spielen. Aber eines Abends wurde nicht geübt. Nur Ole und Kai waren bei Tomke. Und Ole hatte eine Idee, eine wunderbare Idee, wie er fand. Und Kai fand diese Idee auch wunderbar. Jetzt musste nur noch Tomke zustimmen. So wurde an diesem Abend mehr gesprochen und besprochen als sonst. Und als Ole sich schlafen legte, war er sehr zufrieden: „Jo" sagte er.

...

Am Weihnachtsabend war die alte Kirche von KleinFunixwarderSiel wie üblich bis auf den letzten Platz besetzt - die alte Kirche mit ihren dicken Backsteinmauern, den kleinen schönbunten Fenstern, dem weiß-blauen Gestühl, der alten, aber stimmgewaltigen Orgel und dem schönen Altar, mit dem sich über Jahrhunderte immer wieder Künstler liebevoll beschäftigt hatten – die alte Kirche, die den Besuchern immer ein Gefühl von Sicherheit und Geborgenheit vermittelte. Die Weihnachtsgeschichte von Ole erlebte gerade ihren Höhepunkt: Der Herbergswirt, Ole, bot Maria und Josef seine eigene Stube als Quartier an. – Bevor jedoch der Jubel losbrechen und die Organistin zum traditionellen „O, du fröhliche" in die Tasten hauen konnte – stand die alte Tomke auf, drehte sich zur Gemeinde um und bat mit einer Geste ihrer beiden Hände um Ruhe. … Wieder einmal war es am Weihnachtsabend im KleinFunixwarderSieler Weihnachtsgottesdienst mucksmäuschenstill. Welche Überraschung gab es dieses Mal?

„Liebe Freund und Gäste" sagte die alte

Tomke in die Stille hinein. „Wir haben beschlossen, unsere Weihnachtsgeschichte in diesem Jahr um ein Kapitel zu erweitern. Im Matthäus-Evangelium heißt es: ‚Siehe, da kamen Weise aus dem Morgenland nach Jerusalem und sprachen: Wir haben seinen Stern gesehen. Und der Stern ging vor ihnen her, und sie gingen in das Haus und fanden das Kindlein mit Maria und beteten es an und taten ihre Schätze auf.‘"

Ole war bei den Worten der alten Tomke nach hinten zum Ausgang gegangen. Jetzt kam er wieder nach vorne, und mit ihm kamen drei Männer, denen man ansah, dass sie keine Friesen waren: mit schwarzem Haar, mit schwarzen Bärten und dunklen Augen. Und sie trugen – recht feierlich – schön bunt bemalte

Schachteln in ihren Händen. „Das sind Hassan, Massoud und Ahmed aus dem Morgenland, aus Syrien."
Hassan übergab seine Schachtel an Josef bzw. an Kai. Der öffnete sie, entnahm ihr einen Zettel und las vor: „Wir kommen mit unseren Frauen und Kindern aus Krieg und Terror. Wir danken für Frieden und Freiheit."
Nachdem sich die erste Überraschung gelegt hatte – das musste einer der Flüchtlinge sein - konnte man in zufriedene, lächelnde Gesichter sehen: Ja, Frieden und Freiheit, das gab es hier. Und es war schön, dass sich jemand dafür bedankte, dass er daran teilhaben durfte. Solch ein Dank tat allen gut. Dann übergab Massoud seine Schachtel an Kai. Wieder war ein Zettel darin und

Kai las ihn vor: „Wir haben Eltern und unser Haus durch eine Bombe verloren. Wir danken für Unterkunft." Da schämte man sich in der Gemeinde. Alle wussten, dass der Hanken-Hof eigentlich nicht mehr bewohnbar war. Das Dach war undicht, und es zog in allen Ecken.

Ahmed kam herzu und übergab seine Schachtel an Kai und alle sahen, dass er dabei weinte. Kai las den Zettel vor:

„Unsere beiden Kinder wurden von Rebellen getötet. Wir danken für Betreuung und Hilfe." Die KleinFunixwarderSieler hatten ihren Flüchtlingen nichts getan. Nichts. Also auch nichts Gutes. Man senkte die Köpfe, mancher mit Tränen in den Augen. - Augenblicke schmerzhafter Stille.

- Gerade, als der Pfarrer ein Schlussgebet sprechen wollte, stand Mareike Ottens auf, die Frau vom Ortsvorsteher, und übernahm kurz entschlossen die Initiative: „Ich brauche Tee und Punsch und Plätzchen und Kuchen und alles was dazu gehört. Wir treffen uns in 15 Minuten im Gemeindehaus" und zu den drei Weisen aus dem Morgenland, die noch vor dem Altar standen: „Alle, ihr auch." Doch bevor sich alle in Bewegung setzten, stand auch Johannes Ottens auf, der Ortsvorsteher: „Hinnerk, in 10 Minuten mit Trekker und Anhänger am Baustofflager (es war das Lager von seinem Bauhof in der Stadt), und die anderen Männer mit Werkzeug zum Hanken-Hof. Los, los!"

...

Einige Zeit später saßen Ole und Kai-Uwe auf dem Ems-Deich und schauten über ihr Dorf. Mitten in der Nacht konnte man dort ungewohnte Betriebsamkeit feststellen. Aus dem Gemeindehaus ertönte das Geschnatter und Lachen von Frauen und Kindern. Auch der Hanken-Hof am Rande des Dorfes war hell erleuchtet, und von dort hörte man Kommandos und Geräusche von Maschinen, von Sägen und Bohrmaschinen und Hämmern. Ole und Kai-Uwe waren sehr zufrieden. - Und auf einmal ertönten andere Geräusche, Töne wie Musik, erst ganz leise – man könnte meinen, es sei eine Einbildung gewesen – dann lauter werdend, wie ein Lied, eine Melodie, dann war es ein Lied, erst etwas durcheinander, und dann fing es an sich zu.ordnen.

„Hörsse?" sagte Kai-Uwe. „Jo" sagte Ole. Und bald war KleinFunixwarderSiel erfüllt vom Lied der Weihnacht – unwirklich, fast geisterhaft und doch wunderschön „O, du fröhliche." Und es schien, als wollte es gar kein Ende nehmen. „Wie viele Strophen hat das Lied?" fragte Kai-Uwe. Ole überlegte lange: „Weiß nicht. Vielleicht hundert?" „Mehr, viel mehr" sagte Kai-Uwe.

Sieben

Oles Weihnachten in der großen Stadt – oder: Weihnachten ist anders.

Ihr alle kennt Ole – die einen mehr, die anderen weniger – vielleicht gibt es auch noch einige , die ihn gar nicht kennen: Ole, den ganz besonderen jungen Mann aus dem 300-Seelen-Dorf KleinFunixwarderSiel im äußersten Nordwesten der Republik; Ole, den alle kennen und lieben, weil Ole auch lieb ist, lieb zu den Alten und Kranken, lieb zu den Kindern, lieb und hilfsbereit zu jedem im Dorf, lieb zu den Tieren der Bauern, lieb zu den Tieren im Wald; Ole, der etwas einfältig, etwas langsam im Denken und Handeln ist, der es aber geschafft hat, dass man in der KleinFunixwarderSieler Kirche – und anderswo - an Heiligabend seit einigen Jahren die „Weihnachtsgeschichte von Ole" liest und spielt. Denn Ole hatte ein neues Licht angezündet, ein Licht von Mitmenschlichkeit und Liebe. Als Ole zum ersten Mal im traditionellen KleinFunixwarderSieler Krippenspiel den Wirt spielen durfte, war die Rolle mit 2 Sätzen, mit 4 Wörtern ausgestattet: „Nix frei" und „Haut ab". Damit war eigentlich alles gesagt, aber nicht für Ole. „Haut ab" – diesen Satz bekam Ole bei der Aufführung am Heiligen Abend in der Kirche nicht über die Lippen. Und als er stattdessen Maria und Josef das Angebot machte: „Ihr könnt meine Stube haben", da war die „Weihnachtsgeschichte von

Ole" geboren.

Und seitdem ist Weihnachten das Fest von Ole geworden. Eigentlich kann man sich in KleinFunixwarderSiel ein Weihnachten ohne Ole gar nicht mehr vorstellen. Und eigentlich kann Ole das selbst auch nicht. - Und das alles muss man wissen, damit man versteht, wie Ole Weihnachten dieses Mal erlebte.

Seit einigen Jahren ist Kai - eigentlich heißt er Kai-Uwe – Oles bester Freund. Kais Eltern haben sich in KleinFunixwarderSiel ein altes Bauernhaus als Ferienhaus eingerichtet und verbringen dort mit ihrem Sohn fast all ihre freie Zeit, auch Weihnachten sind sie immer dabei – bisher jedenfalls...

Die Mutter von Kai-Uwe durfte in diesem Jahr einen runden Geburtstag erleben, den sie groß feiern möchte. Kai-Uwes Vater ist in seinem Betrieb mächtig befördert worden, was er groß feiern möchte. Ein Verein und eine soziale Organisation, in der die Familie aktiv mitwirkt, hatten Jubiläum, was man groß feiern möchte. Und so entschloss man sich nach langer Beratung, alle Feiern zusammenzulegen und alles gemeinsam mit Verwandten, Freunden, Nachbarn und Arbeitskollegen im Rahmen einer großen Weihnachtsfeier zusammen zu feiern…

Ole klopft mächtig aufgeregt an der Tür der alten Tomke, seiner ehemaligen Lehrerin. Er hat Post bekommen, einen Brief von Kai. Und das, was darin steht, hat ihn eben mächtig aufgeregt. „Du,

Tomke" überfällt er sie gleich, als sie die Tür öffnet, „Kai kommt Weihnachten nicht." „Na, komm mal rein." In Tomkes Stube gibt es erst mal einen Tee, und als Ole - etwas beruhigt – auf dem Sofa sitzt, muss es heraus: "Tomke, Kai kommt dieses Jahr Weihnachten nicht zu uns. Die feiern bei sich zu Hause. Und ich, ich bin eingeladen." „Da freue ich mich aber für dich Ole. Das wird bestimmt schön, und du lernst auch mal was anderes kennen." Ole kann Tomke nicht ganz folgen und schaut sie verständnislos an: „Und das Krippenspiel? Das geht doch dann gar nicht." Tomke legt ihre Hand beruhigend auf Oles Arm. „Ole, das wollte ich sowieso noch mit dir besprechen. Denn da haben wir in diesem Jahr einige Probleme. Auch unsere Maria, die Siemtje, ist

Weihnachten nicht hier. Sie macht ein Auslandssemester in Amerika und kommt Weihnachten nicht nach Hause. Und wenn Kai nun nicht kommt, haben wir ja auch keinen Josef. Wir können also gar nicht spielen." „Und unser KleinFunixwarderSieler Krippenspiel? Was ist damit?" "Nun", sagt Tomke, „ich denke, wir <u>spielen</u> es in diesem Jahr nicht, sondern wir <u>lesen</u> die Weihnachtsgeschichte von Ole vor. Das wird bestimmt auch sehr schön. Und du kannst die Einladung von Kai und seinen Eltern annehmen."

Ole denkt nach, das heißt eigentlich kämpft er mit seinen Gedanken, aber dann sagt er doch „Jo" und „gut". „Siehst du", sagt Tomke. „Und du musst ja auch ein paar Geschenke mitbringen. Ich habe da schon eine Idee, und ich denke, ich werde mich mit unseren Konfirmanden gleich an die Arbeit machen."

…

Ole staunt, und er weiß noch nicht, ob er sich wohlfühlt oder nicht. In dem Festsaal sind ganz viele Leute. Alle sind chic angezogen und fröhlich. Geschenkpakete wechseln den Besitzer. Man nimmt sich in den Arm, trinkt Sekt und lacht. Eine Kapelle spielt weihnachtliche Tanzmusik. Im Hintergrund sind Tische festlich gedeckt, an einem Buffet gibt es unglaublich viel zu essen. – Irgendjemand klingelt an seinem Glas und hält dann eine Rede; und noch einer, und noch einer. Und da Ole von Tomke einen Auftrag hat, fasst er sich ein Herz und klingelt auch an seinem Glas. Alle sind still und schauen ihn an, etwas amüsiert. Ole stellt einen Korb auf den Tisch und zieht einen Zettel aus der Tasche. Tomke hatte ihm etwas aufgeschrieben: „Ich freue mich", liest er vor, „dass ich hier eingeladen bin. Schöne Grüße, herzlichen Glückwunsch und frohe Weihnachten aus KleinFunixwarderSiel. Ich habe hier einen Korb mit Geschenken für euch. Für jeden ist eine Flaschenpost darin, mit guten Wünschen, mit Segenswünschen für das Neue Jahr. Jeder nimmt sich bitte eine Flaschenpost." Er zögert, traut sich dann aber doch: „Können wir ‚O, du fröhliche' singen?" – Verlegene, ungläubige Stille. Das hatte keiner erwartet. Dann ruft jemand: „Ach Quatsch" – und zur Kapelle gewandt: „Macht mal richtig Mucke. Wir möchten tanzen."…

Ole ist es gelungen, sich davon-
zuschleichen. Er sitzt draußen auf der
Mauer in der kühlen Nacht. Hier hört er
die Partymusik aus dem Saal kaum noch.
Er lauscht intensiv in die Nacht hinein,
aber das, wonach er sich sehnt, ist nicht zu
hören.

-Kai setzt sich neben ihn: „Danke!" –
„Wofür?" „Für deinen Segenswunsch" Er
rollt das Papier mit dem Wunsch auf: „Ich
wünschen dir einen Engel, einen Engel,
der immer da ist, wenn du ihn brauchst."
„Schön" sagt Ole. „Ich habe dir auch einen
mitgebracht", sagt Kai. „Hier."
Ole rollt seinen Wunsch auf: „Lobe den
Herrn, meine Seele, und vergiss nicht,
was er dir Gutes getan hat." –
Die Beiden schauen sich an, und dann
legen sie ihre Fäuste aneinander, wie die
Kiddys das heute tun, wenn sie Einigkeit

zeigen wollen: „Freundschaft." „Jo, unsere Freundschaft." – Meine Eltern fragen, ob du für morgen einen besonderen Wunsch hast." - „Jo", sagt Ole. „Ich möchte morgen in einen Weihnachtsgottesdienst gehen. – Wo man ‚O, du fröhliche' singt." - „Jo", sagt Kai. „Ich auch."

Acht

Ole und Emma – oder:

Geliebte Kreatur

Ole ist auf dem Weg zu Meta Haien. Schon lange hatte er sich vorgenommen, sie zu besuchen. Aber die alte Meta wohnt weit vor dem Dorf – zu Fuß immerhin eine Strecke von gut einer halben Stunde. Und Ole ist zu Fuß unterwegs. Er hätte auch das Fahrrad nehmen können, doch heute sorgt der Ostwind mal wieder für `ne steife Brise und für Gegenwind. Und außerdem ist es Ende November, und da ist der Ostwind bekanntlich sehr, sehr kalt. Ole hätte auch auf besseres Wetter warten können. Aber nein – er hatte schon lange das dringende Bedürfnis Meta Haien zu besuchen. Ihr Mann Torge war im Sommer gestorben, und seitdem wohnte sie allein da draußen. Und das gehörte ja bekanntlich zu den vielen schönen Eigenschaften von Ole: Wenn er sich etwas vorgenommen hatte, vor allem wenn es darum ging, anderen etwas Gutes zu tun, dann konnte ihn nichts davon abhalten.

Und solch ein Tag ist nun mal heute. Er hat es fast geschafft, und weil er ziemlich durchgefroren ist, freut er sich schon auf einen heißen Tee bei Meta. Als er um die letzte Wegbiegung geht und Metas kleines Bauernhaus vor sich liegen sieht, bekommt er gerade noch mit, wie zwei Personen in ein Auto einsteigen und losfahren. Sie kommen ihm entgegen und fahren an ihm vorbei. Das

Autokennzeichen ist Ole nicht bekannt, sie scheinen also von weiter weg zu kommen.

Ole sorgt sich etwas, klopft an Metas Tür und ist erstaunt, als ihm sofort geöffnet wird und zwar von einer Meta, die vor Freude geradezu strahlt. „Ole, mein Junge; wie schön, dass du da bist." Sie freut sich wirklich über den Besuch von Ole – wer im Dorf täte das nicht! – aber der eigentliche Grund für ihre ganz große Freude ist etwas anderes: ein kleines, äußerst lebendiges Wollknäuel auf ihrem Arm. Ein Blick und Ole teilt ihre Freude: „O Meta, was ist der süß!" – „<u>Die</u>, Ole, <u>die</u> ist süß. Das ist eine kleine Hundedame, genauer gesagt eine kleine Pudeldame. – Komm erstmal rein. Du musst ja ganz durchgefroren sein."

Während Meta das Teewasser aufsetzt

und Plätzchen holt, ist Ole begeistert vollauf beschäftigt mit dem jungen Hündchen. Wie könnte es auch anders sein? Dass er so ganz nebenbei ein wenig angepieselt wird, stört ihn nicht im geringsten.

Als die ersten Kluntjes im Tee knistern, erzählt Meta: Seit dem Tod ihres Mannes ist es recht einsam um sie geworden, und daran ändern auch die Besuche aus dem Dorf nicht viel, auch wenn sie sich sehr darüber freut. Das hatten auch ihre Nichte Thea und deren Mann mitbekommen, und deshalb sind sie heute aus Bremen gekommen und haben ihr den kleinen Hund geschenkt – „damit wieder etwas Leben ins Haus kommt", wie sie sagten. Ole hat sie gerade noch wegfahren sehen. „Ich glaube, ich werde sie Emma nennen", sagt Meta. "Ja, Emma ist ein schöner Name." „Jo" sagt Ole.

So sitzen sie noch eine Weile beieinander, trinken Tee, klönen über dies und das, Ole spielt mit der kleinen Emma. Als es zu dämmern beginnt, sagt Meta: „Ole, ich hab mich ganz toll gefreut, dass du da warst. Aber jetzt muss du nach Hause, sonst bist du im Dunkeln unterwegs, und da würde ich mir Sorgen machen." Als sich Ole den Schal umbindet, sagt sie noch: „Ole, eins ist allerdings schade: Ich werde Weihnachten nicht in die Kirche kommen können. Du weißt, wie ich mich immer auf diesen Augenblick gefreut habe. Aber ich glaube nicht, dass ich Emma dann schon allein lassen kann. Sie ist ja noch viel zu klein."

Auf dem Weg nach Hause versucht Ole, seine Gedanken zu ordnen – vergeblich. „Wie kann es sein, dass etwas gut und gleichzeitig schlecht ist?" Eine Antwort findet er nicht.

…

Drei Wochen später: Ole, Kai und Otto gehen über den Ems-Deich. Kai, Oles Freund, ist zum Wochenende nach KleinFunixwarderSiel gekommen, um an einer Probe für das berühmte KleinFunixwarderSieler Krippenspiel „Die Weihnachtsgeschichte von Ole" teilzunehmen – er spielt ja den Josef. Der Dritte im Bunde, Otto, geht eigentlich nicht so sehr über den Deich, nein – „gehen" kann man das nicht nennen. Ganz aus dem Häuschen tobt er um die Beiden herum – Otto ist ein junger, aber mächtig großer Berner Sennenhund und er freut sich, und so sieht das eben aus, wenn er sich freut. Er hat auch eine besondere Art, jemanden, den er mag, zu begrüßen: Er springt mit den Vorderpfoten hoch und legt beide auf die Schultern seines Gegenübers, der daraufhin meistens das Gleichgewicht verliert und auf dem Hosenboden landet. Ganz besonders mochte er Ole – was an Oles Hose zu sehen ist.

Aber an diesem Tag ist Ole dafür nicht empfänglich. Ganz tief in Gedanken versunken trottet er vor sich hin, sodass `Kai nach einiger Zeit fragt: „Ole, was ist los? Du bist irgendwie gar nicht hier." „Ich muss nachdenken" murmelt Ole. „Kann ich dir dabei helfen? Worum geht es denn?" „Sag mir," sagt Ole, „wie kann etwas gut und gleichzeitig schlecht sein?"

Und dann setzen sie sich beide auf den Deich. – Otto drängelt sich zwischen beide und setzt sich auch – und Ole erzählt Kai die ganze Geschichte von

Meta: ihre Freude über die neue Lebensgefährtin einerseits und andererseits ihre Traurigkeit darüber, dass sie ihretwegen nicht zum Heiligabend-Gottesdienst kommen kann. Aber Kai weiß diesmal auch keinen Rat. Otto übrigens auch nicht, aber tut sehr interessiert. „Ich werd mal mit'n Pastor sprechen" sagt Ole. „Jo" sagt Kai „und dann frag ihn gleich mal, ob Tiere auch in den Himmel kommen" und nimmt Otto in den Arm. So sitzen sie da, die Drei, irgendwie wie Brüder.

Am nächsten Tag hat Ole beim Pastor ein langes Gespräch. Und anschließend hat er zu tun, viel zu tun.

Am Heiligabend ist die Kirche in KleinFunixwarderSiel wieder bis auf den letzten Platz besetzt. Es läuft das Krippenspiel. Der Wirt, Ole, hat gerade

Maria und Josef seine Stube als Unterkunft angeboten; die Hände der Orgelspielerin schweben schon über den Tasten – startbereit fürs „O du fröhliche", da hebt der Pastor beide Hände und stoppt damit den gesamten Ablauf:

„Liebe Gemeinde, ihr lieben KleinFunixwarderSieler, wir möchten" – und er fügt lächelnd hinzu: „wir, das sind Ole und ich – wir möchten dem diesjährigen Heiligabend-Gottesdienst noch etwas Besonderes hinzufügen. Ich werde des Öfteren gefragt, meist von Kindern, ob ihre Tiere auch in den Himmel kommen. Diese Frage kann ich so nicht beantworten. Aber ich habe in der Bibel etwas zu diesem Thema gefunden. Im Römerbrief heißt es im 8. Kapitel: „Denn das ängstliche Harren der Kreatur wartet darauf, dass die Kinder Gottes offenbar werden. (…) denn auch die Schöpfung wird frei werden von der Knechtschaft der Vergänglichkeit zu der herrlichen Freiheit der Kinder Gottes. Denn wir wissen, dass die ganze Schöpfung – also alle, auch die Tiere – bis zu diesem Augenblick seufzt und in Wehen liegt."

„Wenn wir also mit ihnen leben, wenn wir von ihnen leben und wenn sie mit uns warten, dann – dann ja wollen wir heute auch mit ihnen Weihnachten feiern – mit unseren Tieren. Wie seinerzeit Ochs und Esel."

Das wären eigentlich Oles Worte gewesen, aber Ole spricht bekanntlich nicht gerne. Er tut lieber etwas. Und so öffnet er in diesem Augenblick das große Tor des Seitenflügels der Kirche – und dann kommen sie herein:

Liese, die prächtige Schwarzbunte, und der stolze Oldenburger Wallach von Bauer Larssen, drei Schafe vom Deichhirten Jens Lorse und zwei Ziegen vom benachbarten Ziegenkäse-Hof Aalke Ebbing – alle blitzsauber herausgeputzt. Dazwischen gackerten und schnatterten ein paar Gänse und Hühner und Otto hatte über alle die Aufsicht.

Totenstille in der Kirche, auch die Tiere werden mucksmäuschenstill. Und dann klatscht einer und wieder einmal bricht ein Sturm der Begeisterung los. Und die Orgelspielerin lässt ihre Hände auf die Tasten fallen, und weil das „O du fröhliche" so einmalig und ansteckend fröhlich ist, stimmen alle mit ein – auch die Tiere.

Ganz in der letzten Bank sitzt die alte Meta, und Freudentränen laufen ihr über die Wangen. Und wer genau hinsieht, kann – in einer Wolldecke an ihre Seite gekuschelt – ein kleines Wollknäuel erkennen.

Und wer genau hinhört, kann sie leise schnarchen hören – die kleine Pudeldame Emma.

Neun

Es ist nicht gut,
dass der Mensch allein ist

In KleinFunixwarderSiel herrschte im August ungewöhnliche Betriebsamkeit: Überall sah man Jugendliche, jüngere und ältere, auf Skateboards und Rollern, auf Fahrrädern und Mopeds, mit Rucksäcken oder Gepäck auf den Gepäckträgern. Alle strebten offensichtlich dem großen Dorfanger am Deich zu. Dort war man dabei, ein umfangreiches Lager aufzubauen und zu organisieren. Zelte, Gruppenzelte wurden im Kreis aufgestellt, eine Kochstelle mit Grill und

Gulaschkanone war schon fertig. Mobile Sanitär- und Toilettencontainer waren im Anmarsch. Die Landjugend des Kreises Aurich bereitete sich vor für ihr alljährliches Sommerlager, in diesem Jahr eben hier – in KleinFunixwarderSiel.

Ole saß auf einem seiner Lieblingsplätze, auf einer kleinen Bank oben auf dem Deich. Von hier aus konnte er alles beobachten, ohne selbst mit in den ganzen Trubel hineingezogen zu werden. Das war – wie wir wissen – nicht unbedingt seine Welt: zu hektisch, zu laut, zu unübersichtlich und zu schnell. Er hatte es lieber ruhig, übersichtlich und bedächtig. Aber trotzdem wollte er natürlich wissen, was in seinem Dorf passierte.

…

Am nächsten Tag hörte man schon im Dorf die Musik und lautes Stimmengewirr vom Dorfplatz. Da war wohl schon einiges los. Ole machte sich auf zum Deich, zu seinem Deich, um zu schauen und zuzuhören und so auf seine Weise an diesem tollen Ereignis teilzuhaben. Schon von weitem sah er, dass er wohl diesmal nicht alleine sein würde. Auf seiner Bank saß schon jemand; beim Näherkommen erkannte er eine junge Frau, fast noch ein Mädchen, etwas jünger als er oder höchstens gleichalt. Zuerst wusste er nicht, wie er sich verhalten sollte. Dann setzte er sich einfach zu ihr auf die Bank: „Moin" sagte er. „Moin" sagte sie. – Schweigen. Irgendwann traute sich Ole, sie unauffällig von der Seite anzuschauen.

Dabei wurde er irgendwie ganz unruhig, er spürte etwas in sich, irgendetwas machte etwas mit ihm, was er nicht kannte. Er traute sich: „Gehörst du auch zu denen?" „Jo." „Und warum machste nicht mit?" „Is nicht meine Welt." „Warum biste dann hier?" „Wegen Mama. Sie hat gesagt: Dann lernste mal jemand kennen." - Schweigen. In Ole arbeitete es. Diese Situation musst er erst einmal ordnen und begreifen. Das kannte er so nicht. Dann fasste er einen Entschluss: „Ich heiße Ole." Und er fühlte, wie sein Herz verrückt klopfte und ihm das Blut in die Wangen jagte. „Ich heiße Swantje" und sie lächelte dabei. – Ole musste weg. „Kommste morgen wieder?" „Jo, du auch?" „Jo."

Am nächsten Morgen war Ole früh auf dem Deich. Im Lager war man noch beim Mittagessen. Doch schon bald löste sich jemand aus der Gruppe Richtung Deich. Und als Ole erkannte, dass es Swantje war, merkte er, dass sein Herz wieder anfing verrückt zu spielen. „Moin Ole." „Moin Swantje." „Geh'n wir spazieren, Ole?" „Jo." Und dann zeigt Ole Swantje seine Welt - auf seine Weise. Und Swantje war ganz schnell gefangen genommen von der Faszination Ole, wie jeder, der Ole kennenlernte. Aber irgendwie war es diesmal mehr als eine neue Welt, eine neue Art sie zu sehen und sich zu wundern. Es war mehr – bei Ole und bei Swantje.

Das Ferienlager war dann bald vorüber

und damit auch die schöne Zeit der Beiden. Als sie sich verabschieden mussten, konnten sich beide die Tränen nicht verkneifen. Sie nahmen sich in den Arm – und hielten sich lange fest – sehr lange.

Noch zweimal schaffte es Ole in den folgenden Wochen, mit dem Bus zu Swantje zu fahren und mit ihr einen wunderschönen Tag zu erleben. Und immer, wenn Ole dann nach Hause kam, merkte er, dass er sich veränderte. Er hatte Gedanken, Gefühle, die ihm bisher nicht begegnet waren; und man kann nicht sagen, dass ihm das keine Probleme machte, dass er einfach so damit lebte.

Doch dann ging es mit großen Schritten auf Weihnachten zu, auf Weihnachten und damit auf die Proben für das berühmte KleinFunixwarderSieler Krippenspiel, in dem Ole ja bekanntlich eine Hauptrolle spielte. Bei der vorletzten Rolle passierte es: Mareike, die zusammen mit Oles Freund Kai-Uwe das heilige Paar Maria und Josef spielte, blieb an einem herumliegenden Seil hängen, stürzte und brach sich ein Bein. Eine Katastrophe bahnte sich an. Maria bzw. Mareike musste im Stück eigentlich gar nichts sagen, aber es gab in KleinFunixwarderSiel keine andere junge Frau, die vom Alter, vom Aussehen oder von der Figur her die Rolle der Maria überzeugend verkörpern konnte – kein Wunder bei lediglich 300 Einwohnern.

…

Wundert es jemanden, dass Ole nach

langer gemeinsamer Überlegung die rettende Idee hatte? – Swantje! Er erzählte Tomke, der alten Lehrerin, die wieder die Regie im Stück führte, und seinem Freund Kai-Uwe, wer denn Swantje war und woher er sie kannte und wieso und überhaupt.

Kurz gesagt: Swantje war begeistert und gerne bereit, die Rolle der Maria zu übernehmen – und eine Probe gab es ja noch.

…

Heiligabend: Die kleine Kirche in KleinFunixwarderSiel ist wieder bis auf den letzten Platz gefüllt. Maria und Josef stehen frierend vor dem Wirt, Ole, und bitten um Quartier. „Nix frei" gibt der zur Antwort und fährt den Arm mit dem ausgestreckten Zeigefinger aus. Eigentlich hätte er jetzt sagen müssen: „Haut ab!" Doch Ole sagte den inzwischen so berühmten Satz „Ihr könnt meine Stube haben." – „Nein, nein! Nur du Swantje, nur du allein kannst meine Stube haben." Es ist heraus, Ole droht ohnmächtig zu werden. Und Maria? … und Swantje kommt auf ihn zu: „Lieber, mein lieber Ole", und sie gibt ihm tatsächlich einen Kuss, nein ein Küsschen, eher so, wie Oma ihren Enkel küsst. Aber es ist Oles erster Kuss, er ist vollkommen durcheinander und stammelt so etwas wie „…ich, …ich …dich …auch." Und Kai-Uwe freut sich und klatscht. Und die ganze Gemeinde ist begeistert und klatscht. Alle wissen: Hier haben sich zwei gefunden, die füreinander bestimmt

sind. Und mit ihnen werden wir noch
viel erleben.

Und wieder klingt's durch KleinFunixwarderSiel : „O du fröhliche" – so schön,
wie lange nicht mehr.

Zehn

Virus-Weihnachten in KleinFunixwarderSiel

Das Virus hat alle im Griff, Deutschland, Europa, die ganze Welt – und natürlich auch KleinFunixwarderSiel. In dem kleinen Dorf im äußersten Nordwesten Deutschlands, in der Heimat von Ole, hat man davon zwar noch nicht so viel gemerkt – es gibt bisher zwei Infektionsfälle mit leichtem Verlauf, aber keine Schwerkranken und auch keine Todesfälle – aber all die Regelungen zur

Bekämpfung des Virus gelten natürlich und sinnvollerweise auch in KleinFunixwarderSiel: Abstand halten, Maske tragen, Beschränkungen bei Zusammenkünften zum Beispiel auch in der Kirche. Doch da wird das Problem schon zu einem größeren Problem: Die alte Kirche im Dorf ist vor Zeiten so gebaut, dass man in den kurzen, engen Bänken eher zusammenkuscheln muss, als Abstand halten zu können. Maximal 8 – 10 Personen, mehr geht nicht unter den Pandemie-Regelungen.

Als Ole das bewusst wird, weiß er auch: Weihnachten wie gewohnt mit vollem Haus und mit Krippenspiel – das geht gar nicht. Und als er und seine Swantje sich mit der alten Tomke zur Beratung zusammensetzen, sind sie sich bald einig:

Weihnachten in der Kirche – das geht wohl überhaupt nicht, nicht in diesem Jahr. Wer soll denn am Heiligen Abend zur Kirche gehen dürfen? Die oberen Zehn aus dem Dorf, der Ortsvorsteher mit seiner Familie und die Familie des Bauernschaftsvorsitzenden? Oder vielleicht die zehn Ärmsten aus dem Dorf? Das geht natürlich nicht, das würde sie ja bloßstellen, diskriminieren, wie man so modern sagt. Nein, im Grunde kann in der Kirche nichts stattfinden, nichts, womit alle zufrieden sein könnten.

Und so dauert die Beratung der Drei länger als sonst, sehr viel länger. Und was dann schließlich dabei herauskommt, das ist wieder typisch für Ole, der es einfach nicht ertragen kann, dass man irgendeinen nicht mitnehmen könnte, dass man jemand außenvor lassen müsste – aus welchen Gründen auch immer. Und die alte Tomke ist auch zufrieden mit dem Ergebnis, sie kennt ja ihren Ole. Und Swantje freut sich darauf, mit ihrem Ole das Weihnachtsfest auf eine besondere Art und Weise vorzubereiten. Und das bedeutet zunächst einmal Arbeit. Denn bekanntlich geschieht ja nichts einfach so und von selbst. So wird gesägt, genäht und gemalt, und auch das eine oder andere KleinFunixwarderSieler Talent, vielleicht schon lange im Ruhestand, wird animiert mitzumachen. Und da Ole sie darum bittet, machen alle mit.

Eine Woche vor dem Heiligen Abend ist dann alles rechtzeitig fertig, sodass Ole und Swantje sich auf den Weg machen können.

Zuerst klopfen sie natürlich beim Ortsvorsteher, bei Johannes Ottens, an. Als seine Frau die Tür öffnet, wünschen ihr Ole und Swantje „… schon jetzt ein ganz besonderes Weihnachtsfest." Sie überreichen Mareike Ottens ein aus Sperrholz gesägtes und bemaltes Pärchen: Josef und die schwangere Maria. Und in diesem Augenblick findet ein neues KleinFunixwarderSieler Weihnachts-wunder seinen Anfang, als Mareike Ottens sagt: „Jo, ihr könnt meine Stube haben." Damit haben Ole und Swantje wahrlich nicht gerechnet, umso glücklicher sind sie. Und sie erklären der Frau Ortsvorsteher ihren Plan für eine Virus-Weihnacht:

Am Heiligen Abend treten alle

KleinFunixwarderSieler um 22:00 Uhr vor die Tür. In der Kirche werden sämtliche Türen geöffnet, und die Organistin spielt, so laut ihre Orgel es zulässt, das „O, du fröhliche". Alle, die die Orgel hören können, stimmen mit ein, und so wird ganz schnell der Gesang mit der Orgel so laut sein, dass alle aus dem Dorf es hören und mitsingen können. So wären dann trotz Pandemie am Heiligen Abend alle weihnachtlich vereint. „Das ist ja mal ein Plan", sagt Mareike Ottens mit Bewunderung und wünscht den Beiden viel Freude bei ihrem Gang durchs Dorf und viel Erfolg mit ihrem Plan.

Froh gestimmt machen sich Ole und Swantje auf den Weg, und sie dürfen Großartiges erleben: Das kleine

Weihnachtswunder, das bei der Frau des Ortsvorstehers begann, breitet sich aus, wird zu einem großen Wunder, ja fast zu einem Mysterium: An jeder Haustür, an der sie anklopfen und ein Maria-und-Josef-Paar überreichen, schallt es ihnen entgegen: „Ihr könnt meine Stube haben." Und ein jeder sagt zu, am Heiligen Abend das „O, du fröhliche" auf die vorgeschlagene Art mitzusingen. Ole und Swantje sind jeden Tag unterwegs, bei Wind und Wetter, aber mit fröhlichem Herzen, damit alle KleinFunix-warderSieler mit dieser Weihnachts-botschaft erreicht werden.

Am Nachmittag des Heiligen Abends machen sie sich auf den Weg zur alten Meta Haien, die ja mit ihrer Pudeldame

„Emma" weit draußen vor dem Dorf wohnt. Wen wundert es, dass auch die alte Meta Maria und Josef ihre Stube anbietet. Den Heiligen Abend verbringen sie bei Tee und Gebäck – der Tee bekommt auch ein kleines Schlückchen Rum – und sie haben sich ganz viel zu erzählen. Auch Emma freut sich „tierisch" über den Besuch und will Swantjes Schoß gar nicht mehr verlassen. Um 22:00 Uhr gehen sie vor die Tür. Die Nacht ist sternenklar und es dauert nur einen kurzen Moment, bis sie die Woge des Liedes erreicht „O, du fröhliche". Natürlich singen sie alle drei Strophen mit – auch Emma. Als das Lied verklungen ist und die alte Meta sich ihre Tränchen abgewischt hat, sagt sie zu den Beiden:

„So, nach Hause geht ihr Beiden jetzt aber nicht mehr. Ihr könnt meine Stube haben."